고단수
진실게임

책 먹는 고래 56

글 금관이야
그림 공순남 김경수

고단수
진실게임

"좋아하는 게 뭐예요?"

누군가 묻는다면, 공책 천장도 채울 수 있어요.

"봄날이요. 봄날 햇빛이요. 봄날 새싹이요. 봄날 바람이요…. 봄날도 백 장"

"아기요. 아기 통통한 볼이요. 아기 솜털 머리 냄새 맡기요. 아기 간지럼 태우기요…. 아기도 백 장."

아마 만 장도 채울 수 있을 거예요.

"아니, 그런 거 말고 '요즘. 매일. 직접.' 하는 걸 골라봐요."

한다면, '산길 걷기'예요. 그런데 며칠 전 걷는 중에 가지가 부러진 소나무를 만났어요. 하얀 속살이 찢어지고 끈적한 진액 방울들이 맺혀 있었어요. 나도 모르게 가슴을 움켜잡았어요. 내 마음속 어딘가에서도 '쩍' 금이 가는 거 같았거든요. 그리고 현진이가 생각났어요.

전화를 받고 달려갔더니 현진이는 의자에 앉아서 무릎을 흔들고 있었어요. 빨간 핏방울이 하얀 무릎에 맺혀 있었고요. 너덜너덜해진 상처에 붕대를 감아주자 벌떡 일어난 현진이가 불량배처럼 다리를 건들거리며 말했어요.

4

"찌이, 걔가 '아빠 없이 엄마랑만 사는 주제에'라고 하는 거예요. 그래서 코 싸대기를 날려 버린 거라고요."

그리곤 붕대로 칭칭 감은 무릎을 내밀었어요.

"사인은요?"

난 아무 말도 못 하고 붕대에 하트를 그려줬어요. 붕대 천이 거칠어서 하트에 빨간색을 채우느라 낑낑댔어요. 그날부터 우린 매일 손을 잡고 교정 뒤편, 작은 숲길을 걸었어요. 현진이는 나무와 바람과 풀들 하고도 친해질 수 있다는 걸 깨닫는 거 같았어요. 더이상 코 싸대기를 날리는 일은 없었거든요.

현진이의 무릎처럼 하얀 소나무의 속살에 하트를 그려 넣으며 말해 주었어요.

"현진이 말이야, 깨지고 부러지면서도 잘 자라 주었어. 지금은 얼마나 멋진 숙녀가 되었나 몰라. 너도 그럴 거야."

나는 아직 너무나 싱싱해서 초록 물이 들 거 같은 솔잎을 부러진 가지에 덮어 주었어요.

2024년 겨울
박미애

clue1

clue2

clue3

clue4

clue5

clue6

차례 —————————————————————————————

¹- 장면 하나

초등학교의 마지막 여름 방학이 끝나는 날.

6학년 전교 회장이었던 여자아이는 숙제하느라 정신이 없었다.

마당에선 접시꽃 팽이꽃 나리꽃들이 바람에 살랑이고, 상추 대궁을 따라 이파리들을 기웃거리던 호랑나비 애벌레는 마침내 탐스러운 잎 하나에 자리를 잡고.

담 밑으로 밤콩 강낭콩 완두콩 호랭이콩 온갖 콩들을 심어 쌀 반 콩 반으로 밥 짓는 게 행복하다던 엄마는, '사각사각' 아이의 연필 소리를 들으며 잘 익은 콩 꼬투리들을 빨

간 소쿠리에 담고 있었는데….

　갑자기 집채만 한 불곰이 나타나 무지막지한 손으로 엄마를 쓰러뜨리고 햇빛에 번쩍이는 뾰족한 손톱으로 할퀴기 시작했다.

　아이는… 불곰에게 달려들었다.

²- 영화 같은 현실

현실에서 첫 번째로 일어난 건 내가 눈을 떴다는 거다.

"여기가 어디지?"

하얀 천장, 하얀 기둥, 그리고 링겔 병이 보였다. 빨대같이 생긴 투명한 줄이 링겔 병에서 내 손목으로 이어져 있었다. 나는 눈을 감았다가 다시 떴다. 역시 링겔 병이 공중에서 덜렁거리고 있었다.

그러자 내 몸이 부웅 떠올랐던 게 기억났다. 낡은 티셔츠가 팔랑거렸고, 난 화살에 맞은 새처럼 콩 덩굴로 툭 떨어졌었다. '타다닥' 콩들이 튀었다. 이어서 사나운 고함이 폭

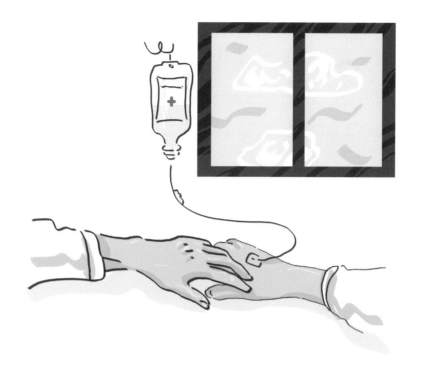

탄처럼 터졌다.

"나한테서 못 벗어난다고 했지? 크앙!"

"다리를 부러뜨려 버리겠어. 컹컹!"

폭탄은 나를 공중으로 던져버린 불곰의 입에서 사정없이 폭발하고 있었다. 불곰의 얼굴이 어찌나 빨간지 온도계를 대기만 해도 천도는 단숨에 넘을 것 같았다. 그런데 내 몸이 이상했다. 움직여지지가 않았다.

"얼음덩어리가 되는 건가?"

나는 꼼짝없이 누워 위를 보았다. 새하얀 구름이 파란 하늘을 평화롭게 지나가고 있었다. 손을 뻗어 그 구름을 잡으려고 했던 게 기억난다.

"하아! 이게 현실이라고?"

나는 병실 침대가 삐걱거릴 만큼 고개를 흔들었다.

3 – 현실로 돌아온 건 좋은 일일까? 나쁜 일일까?

내가 두 번째로 눈을 떴을 때는 병실에 나 혼자가 아니었다. 간호사와 어떤 남자가 나를 내려다보고 있었다. 간호사는 우리 엄마처럼 단발머리를 한 작은 아줌마였고 남자는 대머리에 유도선수처럼 덩치가 컸다. 헐렁한 회색 티를 입어서인지 무술 하는 스님 같았다.

"아픈 데는 없니?"

간호사가 링겔 병 주사액을 조절하며 물었다.

"아니요."

"다행이다. 좀 이따가 의사 선생님이 오실 거야."

간호사가 내 손등에 테이프를 새 걸로 갈아주고 나갔다. 난 손을 들어 손가락들을 움직여 보았다. 갑자기 눈물이 쏟아졌다. 엄마랑 하던 손바닥 맞추기가 생각났기 때문이다.

"금방 엄마보다 크겠네."

거의 매일 밤 엄마는 이렇게 말했었다.

그때까지 가만히 벽에 기대어 있던 남자가 보호자용 침대에 앉았다.

"정말 미안하다."

남자가 고개를 숙이며 말했다. 나는 눈물을 닦고 그의 얼굴을 살폈다.

'뭐가요? 누구세요?'

묻고 싶었지만, 목소리가 안 나왔다.

"아! 내가 누군지 궁금하겠구나!"

남자가 내 눈치를 보며 말했다.

"난… 네 엄마를 몇 번 만난 적이 있단다."

남자는 주머니에서 무언가 꺼내려다 다시 넣었다.

'분명 명함이겠지?'

명함에 뭐라고 쓰여 있을지 생각해 보았다. 심리상담사, 놀이치료사, 물리치료사…. 혹시 소림사? 피식 웃음이 나왔다. 대머리에 회색 옷 때문이다. 남자가 안심하는 표정을 지었다.

"그냥. 너한테 궁금한 게 몇 가지 있어서. 사고가 났으니까…. 기억나니?"

남자는 일부러 천천히 말하는 것 같았다.

'그렇게 하면 아무것도 아닌 것처럼 느껴진다고 생각하는 걸까?'

"기억나는 거 다요?"

난 머릿속에 떠오르는 것들 중에 무엇부터 말해야 하는지 망설였다. 그러다 빨간 당나귀 '가드'를 골랐다. 엄마랑 내가 제일 행복했던 때라고 생각했기 때문이다.

⁴-가드

"빨간 당나귀 가드는 내가 9살 때 우리 집에 왔어요."

"흐음. 당나귀라."

남자가 수첩을 꺼내 무언가 적으며 중얼거렸다.

"우리 엄마 꿈이 동화작가라는 거 아세요?"

"글쎄다!"

"그래서 엄마는 좀 다르게 말해요."

"그렇구나."

"그런 걸 은유라고 한대요. 빨간 당나귀도 그런 거예요."

"그래?"

남자가 어리둥절한 표정을 지었다.

"사실은 빨간색 자동차거든요."

난 들키지 않게 속으로 웃었다. 남자는 잡고 있던 펜을 입에 물고 눈을 둥그렇게 떴다.

"그런 뜻인 줄은 몰랐는데?"

남자는 정말 놀란 것 같았다. 왠지 우쭐해지는 기분이었다. 그래서 이야기를 계속하기로 했다.

5_ 불곰

"그때 우리 집엔 밤마다 강도가 들어왔어요."

"강도라고?"

남자의 눈썹이 올라갔다.

"그때가 언제였니?"

"내가 9살 때요."

"아!"

남자가 고개를 끄덕였다.

"내가 경찰에 신고하자고 했더니 엄마는 강도가 불곰이라고 했어요. 그래서 경찰에 신고하는 걸 포기했어요."

"왜지?"

남자가 심각하게 물었다.

"그전에 몇 번이나 신고했지만, 불곰은 경찰서에서 곧바로 풀려났거든요. 그리곤 더 사나워졌어요. 더 날카로워진 주먹질로 의자를 부러뜨리고 거울을 내동댕이쳐 산산조각 냈어요."

"그랬구나."

남자가 고개를 푹 숙였다.

'아저씨의 잘못도 아닌데요?'

고개 숙인 아저씨를 보니 이런 생각이 들었다. 나는 좀 더 성의 있게 설명해야겠다고 마음먹었다.

"엄마랑 나는 매일 밤 벌벌 떨며 집을 나가 여기저기 돌아다녀야 했어요. 그러던 어느 날, 가드를 만난 거예요. 어느 음침한 골목에서요. 가드는 먼지를 잔뜩 뒤집어쓰고 있었어요. 첫날은 그냥 지나쳤어요. 그런데 그다음 날도, 또 그다음 날도 계속 거기에 있는 거예요. 그래서 우리는 가드가 주인에게 버려졌다고 생각했어요. 엄마는 당장 가드 주인이 그 골목에 사는 할머니라는 것도 알아냈어요. 탐정처럼요. 그리곤 할머니에게 가드를 사도 되냐고 물었어요. 할머닌 엄마가 드린 꼬깃한 봉투를 내 손에 다시 쥐여주곤, '쟤도 늙어서 그러는 건지 원. 아무도 안 끌고 간다고 해서 골치 아팠는데 잘됐구려. 그냥 가져가슈. 당분간은 쓸 만할 거요'라며 가드를 넘겨주셨어요. 엄마는 덜덜거리는 가드를 끌고 와서 나한테 속삭였어요.

"소현진! 우린 이제 안전해. 가드를 타고 어디든 갈 수 있으니까!"

그날 바로 엄마랑 난 짐을 싸서 우리 집을 떠났어요."

남자가 흥미롭다는 듯 수첩에서 얼굴을 들고 나를 빤히 보았다.

"불곰도 은유니?"

난 잠시 생각하다 대답했다.

"우리 아빠요."

남자에게 불곰이 누구인지 말하고 나자 기운이 빠졌다. 엄마와 둘만 알고 있는 비밀을 너무 쉽게 털어놓은 것 같아 속상했다. 나는 입을 꾹 닫고 눈을 감아버렸다.

"이제부터 아무 말도 안 해야지. 진짜. 정말."

떠오르는 대로 중얼거렸다. 마침 병실 문이 열리고 머리털이 푸들처럼 복슬복슬한 의사가 들어왔다. 이어서 간호사도 유리병을 들고 따라왔다. 남자가 재빨리 뒤로 물러섰다.

"어디 보자."

푸들 의사가 청진기로 내 심장 소리를 들었다.

"많이 좋아진 거 같구나. 처음엔 심장이 너무 빨리 뛰었거든."

"우리 엄마는요? 우리 엄마는 다른 병실에 계세요?"

갑자기 튀어나온 질문이라 나조차 깜짝 놀랐다. 얼마나 어이없는 질문인지 알았지만 내 입과 생각은 완전히 따로따로였다. 남자와 푸들 의사와 간호사가 서로 눈을 마주치는 게 느껴졌다. 곧이어 의사가 태연하게 청진기를 목에 걸며 말했다.

"엄마가 병원에 계시는 줄 알았니?"

"아니에요."

난 고개를 돌렸다.

"그냥 그랬으면 좋겠다고요. 나랑 같은 병실에요."

"그래. 그랬다면 좋았을걸."

푸들 의사의 목소리가 다정했다.

"그래도 넌 정말 대단한 거야. 엄마가 진짜 대견해하실 거야."

그리곤 커다란 손으로 내 손등을 토닥였다.

'으윽. 뭐야? 완전 느끼.'

우리 반 여자애들이 옆에 있었다면 이런 말들을 쏟아냈을 것이다. 하지만 문득 엄마가 하시던 말이 생각났다.

'세상엔 따뜻한 위로도 있는 거야. 엄마는 네가 그런 걸 주고받을 줄 아는 사람이 됐으면 좋겠어.'

난 엄마의 바람을 들어주고 싶었다. 그래서 가만히 고개를 끄덕였다.

"네. 알고 있어요."

"그래."

의사는 내 어깨를 톡톡 치고 남자에게 고개를 돌렸다.

"오늘 다 끝내시는 건가요?"

"아닙니다. 몇 가지만 더 확인하고 다시 오겠습니다."

남자가 대답했다. 의사의 고개가 나에게 다시 돌아왔다.

"말하는 게 힘들진 않니?"

"괜찮아요."

"그래. 그럼 하고 싶은 이야길 다 하렴."

의사가 내 어깨를 한 번 더 툭툭 치며 나가자 간호사가 유리병을 내밀었다.

"네 옷에 붙어 있었어. 응급실 간호사가 쓰레기통 대신 유리병에 넣었단다."

유리병 안에는 감귤 나뭇잎과 엄지손가락 두 마디 크기의 초록색 애벌레가 꿈틀거리고 있었다.

"호랑나비 애벌레예요."

난 유리병 안을 들여다보며 말했다.

"그럼 얘가 호랑나비로 변신하는 거니?"

"네. 번데기가 된 다음에요."

"그런 걸 어떻게 다 알아?"

간호사가 감탄하는 눈으로 나와 유리병을 번갈아 보며 말했다.

"우리 집 마당에 많아요."

"아!"

간호사가 활짝 웃으며 유리병을 들고 창가로 갔다.

"마당만은 못하지만…, 어디 보자. 어디다 놔줄까?"

난 주위를 한 바퀴 둘러보았다. TV는 전파 때문에 신경이 쓰이고, 냉장고 위도 그렇고, 창문 끄트머리가 좋아 보였다.

"저기 창문 끝에요. 커튼이 햇빛을 가려줘서 애벌레가 편할 거예요."

"정말 그렇겠네."

간호사가 유리병을 창가에 놓았다.

"이제 네가 돌봐줘야 하는 거야. 알았지?"

"네."

간호사는 내 링겔 병에서 떨어지는 주사액을 한 번 더 살펴주고 나갔다.

남자가 다시 보호자용 침대에 걸터앉았다. 난 더 이상 엄마와의 비밀을 털어놓고 싶지 않았다. 눈을 꼭 감았다. 그런데 어쩐 일인지 자꾸만 엄마가 비밀에 대해 했던 말이 떠올랐다.

5학년 때의 일이다. 친구들이 아빠에 대해 궁금해한 적이 있었다. 친구들에게 비밀을 털어놓고 싶은 마음과 숨기고 싶은 마음이 서로 뒤엉켜 며칠을 끙끙댔다. 그러다 결국 엄마에게 물어보기로 했다.

"엄마는 비밀을 어디다 숨겨요?"

"으음. 깊고 깊은 진실의 계곡."

"거기가 어딘데요?"

"아무도 못 찾는 곳. 엄마의 마음속이지."

갑자기 엄마의 마음속엔 무엇이 있을까? 궁금해졌다.

"그럼. 우리 진실 게임 해요."

난 엄마에게 졸랐다.

"흐음. 진실 게임이라… 이름이 너무 따분해. 이름 바꾸자!
'산꼭대기에서 낚시하기' 어때?"

"에이. 그게 뭐야? 산꼭대기에서 어떻게 낚시를 해요?"

"그러니까 '고단수 진실 게임'이지. 비밀을 물고기라고 생
각해봐. 산꼭대기에서 낚시로 고기를 잡을 수 있겠어?"

"우와! 대박! 절대 못 잡을 듯."

난 손뼉을 치며 외쳤다.

"엄마는 완전 천재예요."

엄마는 흥분한 나를 한참 보시다가 말씀하셨다.

"비밀 중에는 어둡고 축축한 비밀들도 있어. 불곰처럼. 너무 무서워서 진실의 계곡 가장 밑에 꼭꼭 숨겨두지. 그래서 아무리 꺼내려고 해도 잡을 수가 없어. 마치 산꼭대기에서 낚시하는 거랑 같아."

엄마는 내 손바닥에 엄마의 손바닥을 포갰다.

"그래도 누군가 널 도와주기 위해서 하는 거라면 꺼내서 보여줘도 돼. 알았지?"

"왜요?"

"마음의 계곡엔 물이 없잖아. 그래서 너무 오래 갇혀 있으면 물고기가 병들 수도 있거든."

8 – 도망

'햇살과 파도와 바람을 믹서기에 돌리면 바다가 나올까?'
'가드와 엄마와 내가 함께 달리면 행복이 나올까?'

난 눈을 다시 떴다.
"아저씬 우리 엄마를 어떻게 알게 됐어요?"
남자는 수첩을 만지작거리고 있었다.
"엄마가 전화를 하셨단다."
"왜요?"
"도와달라고 하셨어."

남자가 허공을 보며 한숨을 쉬었다.

"그땐 불곰에 대해 우리가 잘 몰랐단다."

"잘 몰랐다고요?"

울컥 화가 났다. 그래도 남자의 말이 거짓말 같진 않았다. 그래서 화를 낼 수가 없었다.

"잘 몰랐다고 하면 다예요? 경찰도, 소방관도, 선생님도, 아무도… 우릴 도와주지 않았다고요. 그래서 가드랑 도망친 거예요."

불곰으로부터 도망치자마자 엄마는 "소현진! 어디가 제일 가고 싶어?"라고 물었다.

난 망설임 없이 외쳤다.

"바다!"

우리는 밤새 달려 바다가 보이는 곳에 가드를 세웠다. 나는 차에서 뛰어내려 바닷물을 향해 달렸다. 파도가 그물이 되어 나를 잡아끄는 거 같았다.

"현진아, 양말 벗어봐!"

엄마가 뒤에서 소리쳤다. 돌아보니 엄마는 어느새 맨발로
양말을 흔들고 있었다. 우리는 모래사장을 맨발로 펄떡펄
떡 뛰어다녔다. 한참 후 엄마는 모래에 앉으며 말했다.

"단어 맞추기 게임 할까? 물고기만 말하기."

"좋아!"

내 대답이 끝나기도 전에 엄마가 외쳤다.

"고등어."

"고등어라고? 후훗. 그럼 꽁치."

이어서 내가 외쳤다.

"꽁치? 꽁치라 이거지? 그럼 날치."

"참치."

"가물치."

"새치."

"어치."

"우하하. 끝말 맞추기가 돼버렸잖아?"

엄마와 나의 웃음소리가 파도 소리에 섞여 조용한 밤하
늘로 퍼져나갔다.

고단수 진실게임

"우리 딸이 매일매일 이렇게 웃게 해 줄 거야!"

엄마가 입고 있던 남방으로 나를 감싸며 속삭였다. 나는 엄마의 품속으로 파고들며 대답했다.

"나도. 나도."

하지만 얼마 지나지 않아 모래놀이도 조개 찾기도 바위에 딱 붙어 있는 빨간색 불가사리를 떼어내기도 지루해졌다. 더구나 엄마의 지갑 속에 있던 돈들이 거의 사라졌다. 그래서 그날은 엄마가 포구에 있는 어시장에서 일하고 온 날이었다. 우리는 가드 안에 나란히 앉아 있었다. 엄마는 지갑에 든 몇 장의 종이돈들을 보여주며 말했다.

"현진아! 내일은 놀이공원 갈까? 바닷가에서 노는 것도 지겹지?"

"으음. 조금."

난 엄마가 미안해할까 봐 얼른 덧붙여 말했다.

"그래도 괜찮아. 엄마랑만 있으면 난 해피 스누피야."

엄마가 피식 웃더니 내 머리를 헝클었다.

"요 라임쟁이. 엄마도 우리 스누피만 있으면 언제나 해피 도피야."

"도피? 도피가 뭐야?"

"그건 우리 둘 다 안전한 곳으로 갈 거라는 말이지."

엄마는 헝클어진 내 머리를 손가락으로 쓸어내렸다. 그리곤 손으로 하품을 막으며 운전석을 뒤로 젖히셨다.

"으함! 마지막 밤이니까 밤새 파도 소리 듣기 어때?"

"좋아!"

나는 안전한 곳! 그곳이 놀이공원이라는 거에만 들떠 손뼉까지 치며 대답했다.

우리는 창밖으로 구름처럼 밀려오는 하얀 파도들을 보고 있었다. 그런데 그만 잠이 들었었던 거다. 새벽에 일어나 보니 무언가 빼곡하게 적은 메모지를 얼굴 위에 올려둔 채 엄마도 깊이 잠들어 있었다. 난 엄마가 깨지 않도록 조심스럽게 일어나 주위를 두리번거렸다. 모래사장이 끝나는 곳에 검은색 바위들이 듬성듬성 있고 그 뒤로 편의점이 있었다. 나도 모르게 편의점으로 걸어갔다. 그리곤 형광등이 활짝 켜진 진열대에 있는 주먹밥과 컵라면들 앞을 서성거렸다. 어쩌면 '엄마가 깨면 사달라고 해야지' 이런 생각에 침을 삼켰을지도 모르겠다. 금방 자고 일어난 머리는 엉망이었고 며칠 동안 갈아입지 못한 옷이 지저분했을지도 모르겠다. 그래서 편의점 알바 언니가 신고했던 것일지도 모르겠다. 곧바로 경찰이 왔고, 아무리 소리치고 악을 써도 내 말은 들어주지 않았다. 오히려 실종신고를 한 불곰에게 연락이 가버렸다. 경찰은 연락받자마자 바로 나타난 불곰의 말만 들어주었다. 뒤늦게 편의점으로 달려온 엄마는 사람들 틈 속에 숨어서 나만 알 수 있는 수화로 신호를 보냈다.

"가드! 가드만 찾아!"

"너희들이 감히 도망을 쳐? 내가 지구 끝까지라도 쫓아가서 잡는다는 거 몰라?"

불곰이 사나운 말들을 쏟아냈다. 말들은 매서운 채찍이 되어 심장을 후려쳤다. 내 심장엔 구멍이 뻥 뚫렸고 엄마가 채워주던 안정감과 행복한 기운들이 그 구멍으로 빠져나갔다. 나는 바람 빠진 풍선처럼 주저앉았다.

"뭐 하는 짓이야? 일어나지 못해?"

불곰이 내 등을 움켜잡고 앞으로 밀었다. 난 도망치다 붙잡힌 송아지처럼 고개를 떨어뜨리고 느릿느릿 걸었다.

"빨리 좀 걸어!"

짜증 난 불곰의 고함이 울렸다. 때마침 도망쳐 나왔던 우리 집을 지나가고 있었다. 난 엄마 소를 애타게 찾듯 걸음을 멈추고 두리번거렸다. 한낮의 골목과 집들은 조용했다.

'어른들은 일하러, 아이들은 학교에 갔겠지. 근데 난 왜 여기 있을까?'

갑자기 세상은 도화지 안에, 난 그 바깥에 혼자 떨어져 있는 거 같았다. 몸을 돌려 불곰을 보았다. 아무도 없는 곳에선 누구라도 간절한 법이니까.

"이사 갔으니 따라와."

하지만 불곰은 오돌오돌 떨고 있는 토끼를 낚아채듯 내 손을 잡아끌었다. 난 멀어지는 집들과 골목들을 바라보았다.

'엄마는 날 어떻게 찾아오지?'

순간 두려움에 몸이 뻣뻣해졌다. 내가 움직이지 않자,

"참 답답하네. 네 엄마랑 똑같구나."

불곰이 내 목덜미를 낚아챘다. 그리고 학교 가는 길 반대쪽으로 한 정거장 거리를 더 걸었다.

가까이서 개울물 흐르는 소리가 들렸다. 곧이어 시멘트로 된 작은 다리가 나왔다. 다리를 건너자 바로 언덕으로 이어지는 오르막이었고, 그곳에 덩그러니 외딴집이 있었다.

"이제부터 여기서 살 거야."

불곰이 낡은 대문을 열자 우중충한 회색 벽돌집이 나타났다. 마당엔 잎이 누렇게 변해가는 감나무가 있었고 현관으로 올라가는 계단은 반쯤 부서져 있었다.

"헨젤과 그레텔처럼 마녀의 집에 갇힌 거야."

난 속으로 중얼거렸다. 불곰은 내 손을 끌고 하나, 둘, 셋, 계단 세 개를 올라 현관문을 열었다. 술 냄새가 훅 끼쳤다. 술병과 일회용 플라스틱 통들로 어지러운 거실이 보였다. 불곰은 쓰레기 더미를 쓱쓱 한쪽으로 밀치곤 귀퉁이에 있는 방문을 열었다.

"여기가 네 방이야."

불곰은 작은 방으로 날 밀어 넣고 나가버렸다.

"쾅!"

현관문 닫히는 소리가 나자마자 그 자리에 쓰러지듯 앉았다. 두 팔로 무릎을 감싸고 무릎 사이로 머리를 쑤셔 넣었다. 그러자 내 심장에 연결된 가느다란 줄을 타고 슬픔의 덩어리들이 꾸역꾸역 목구멍까지 올라오는 게 느껴졌다.

고단수 진실게임

"끄으윽. 끄윽."

참았던 울음이 터졌다.

'어? 왜 이런 소리가 나올까?'

난 내 괴상한 목소리에 당황스러웠다. 사람 소리가 아니라 쇳소리 같았기 때문이다.

'혹시, 난 외계인이 아닐까?'

문득 그런 생각이 들었고 이런 상상은 마음을 편안하게 해주는 마법 같았다. 난 상상을 키우기로 했다.

'그러니까 난 머나먼 외계 행성의 공주로 태어난 거야. 우리별은 무시무시한 괴물 행성의 침략을 받고 있었어. 그래서 공주인 내가 모든 운명의 짐을 지고 우주를 떠돌다 추락한 거지. 우주선에 심각한 오류가 났거든. 더구나 엎친 데 덮친 격으로 기억까지 싹싹 지운 듯이 잃어버린 거야. 바로 그때! 불곰이 나를 발견하고 멋대로 다른 기억을 주입한 거라면?'

그러자 진짜 그런 거 같았다.

'내가 발견되면 안 되니까 이런 외딴곳에 집을 얻은 거야.'

나는 손뼉을 세게 3번 쳤다.

"짝. 짝. 짝."

"정신 차려야 해!"

손바닥이 화끈거리더니 따끔한 열기가 심장으로 전해졌다.

"쿵. 쿵. 쿵."

심장이 힘차게 뛰었다.

'별을 책임지는 공주라면 이런 슬픔쯤 가볍게 견뎌내야 하는 거라고.'

나는 뜨거워진 손바닥으로 꾹꾹 눈물을 닦았다.

깜박 잠이 들었었다. 눈을 뜨니 구석에서 먼지에 쌓여 있던 사진들이 그제야 보였다.

보름달처럼 동글동글한 갓난아기인 내가 핑크색 한복을 입고 활짝 웃는 사진과 어느 바닷가에서 다섯 살인 내가 하늘색 비키니 수영복을 입고 도넛 모양의 튜브에 누워있는 사진이었다.

덩달아 엄마와의 기억도 떠올랐다.

"요기쯤?"

내가 사진 속에 왜 나 혼자만 있는 거냐고 물었을 때 엄마는 액자 앞에 서서 손가락으로 땅을 가리켰었다.

"여기쯤에서 엄마는 우리 현진이를 보고 있었지. 그러니
까 저 사진 속에 엄마도 함께 있는 거야."

그리곤 날 꼭 안고 말했었다.

"현진아! 기억해. 알았지? 혼자 있는 거 같아도 혼자가 아니야. 어디선가 아주 멀리서라도 널 보고 있는 거야. 알았지? 저 액자 밖에 엄마가 있다는 거 잊지 마. 응?"

난 이 외딴집 밖에서 날 보고 있을 엄마를 떠올렸다.

"나가야 해!"

얼굴을 문지르고 일어났다. 마음이 급해졌다. 엄마가 가드 앞에서 왔다 갔다 하는 게 그려졌다. 엄마의 얼굴은 초조해 보였다. 난 쓰레기 더미를 헤치고 신발장에서 운동화를 꺼내 허겁지겁 신었다. 분명 몇 발자국 거리였는데 마당은 한없이 넓고 대문까지의 거리는 아득히 멀게 느껴졌다. 내 발걸음은 고양이처럼 가벼웠지만, 힘을 준 손바닥은 손톱자국으로 빨개졌다. 난 조심스럽게 대문을 열었다. 끼이익 소리를 내며 페인트칠이 벗겨진 철 대문이 열렸다. 개울까지 내려가는 길이 지렁이처럼 보였다. 개울 건너 잡초들은 오렌지색으로 염색한 곱슬머리처럼 출렁거렸고, 그 가운데로 가르마처럼 난 길 끝에 슈퍼가 있었다. 난 슈퍼 앞까지만 가면 모든 게 해결될 거라고 믿었다. 어디선가 달려와, 내 손을 잡았던 엄마가 떠올랐다.

"현진아! 괜찮아. 가드랑 어디든 갈 수 있는데 우리 현진이는 어디 가고 싶어?"

저절로 다리에 힘이 들어갔다.

'뛰자!'

난 달리기 시작했다. 초가을의 쌀쌀한 바람이 머리칼 속에서 펄럭였다.

¹¹– 반, 반이라고?

"끄으윽!"

시멘트 다리를 건너려는데 잡초 속에서 소리가 들렸다. 난 그대로 멈춰버렸다.

"불곰이다!"

한 발짝도 움직일 수가 없었다. 불곰은 까만 비닐봉지를 들고 비틀비틀 다가오고 있었다. 나도 모르게 뒷걸음질 쳤다. 한 발짝 두 발짝, 그리곤 뒤돌아 뛰었다. 난 작은방으로 들어가 다시 웅크리고 누웠다. 삐걱 현관문 소리에 이어서 방문이 열렸다. 난 꼼짝하지 않았다. '버스럭, 버스럭' 불곰이 무언가를 툭 던져놓고 나갔다. 한참 후 일어나 보니, 바나나우유와 식빵 1봉지가 이불 위에 있었다. 이곳에 온 후 아무것도 먹지 않았다는 게 그제야 생각났다. 근데 어째서 배가 안 고플까? 배에서 나야 할 꼬르륵 소리가 입으로 삐져나왔다. 내 입에선 불곰에게서 나는 소리와 비슷한 소리가 터졌다.

“으이씨. 누가 이딴 거 달랬어?”

난 바나나우유와 빵 봉지를 거실로 던졌다.

“내가 물건이야? 난 여기서 안 살 거야. 날 보내줘. 보내달란 말이야!”

불곰이 들고 있던 술잔을 떨어트렸다. 난 눈동자에 몰려든 핏줄이 터지도록 불곰을 쏘아보았다. 불곰은 넋이 나간 듯 입을 딱 벌렸다. 하지만 이내 머리를 흔들며 웃기 시작했다.

“으하하. 낄낄낄. 네 몸속에 내 피도 반쯤은 흐르니 이 난리를 치는 거지. 안 그래? 그래도 어림없어. 넌 여기서 살아야 한다구. 네가 여기 있는 한, 네 엄마는 꼼짝 못 할 테니까.”

내 몸속에서 번개가 번쩍였다. 온몸으로 힘차게 흐르던 피들이 그대로 굳어버렸다.

“내 몸속에 불곰의 피가 흐른다고?”

지금까지 한 번도 생각하지 않은 사실이었다.

“그렇구나. 내 몸속에도 불곰의 피가 흐르는 거였구나…”

난 비실비실 방으로 돌아왔다. 불곰의 웃음소리가 귀에

달라붙어 왕왕거렸다.

"낄낄낄. 네 몸속에 내 피도 반쯤 흐르니···"

난 하얗게 질린 얼굴로 사진을 보았다.

"엄마는 내 몸속에 있는 불곰의 피를 어떻게 생각할까?"

액자 밖에서 나를 보고 있는 엄마에게 물어보고 싶었다.

나는 엄마 반

불곰 반의 혼혈아

아침엔 순한 사람의 강

저녁엔 사나운 짐승의 강에서

번갈아 발을 씻는다

　나는 하나에서 두 개로 갈라지는 꿈을 꾸었다. 밤마다 하나의 씨앗에서 곧게 자라던 나무가 갈라져 무시무시한 나무가 되어 덮치거나, 비키니를 입고 모래사장에서 놀고 있는데 갑자기 불어난 강물에 휩쓸려 떠내려가는 꿈이었다.

그러던 어느 날, 강물에서 헤엄쳐 나오느라 발버둥 치다 눈을 떴다. 온몸이 진짜 물속에서 나온 것처럼 축축했다. 나도 모르게 손으로 바닥을 더듬었다. 미지근한 물기가 바닥에 고여 있었다. 지릿한 냄새가 올라왔다. 간신히 잡고 있던 마지막 줄이 툭 끊어지는 느낌이었다. 내 몸은 끝을 알 수 없는 물속으로 가라앉고 있었다. 내가 할 수 있는 말은 이제 하나밖에 없었다.

"엄마!"

그러나 캄캄한 어둠이 나의 간절한 말을 삼켜버렸다. 난 여기 혼자 갇혀 있고 모두들 너무 멀리 있다. 갑자기 눈물이 쏟아졌다. 달팽이 눈물처럼 찐득한 물기가 얼굴에 달라붙었다. 눈물을 닦아내자 창문으로 희미하게 들어오는 달빛이 느껴졌다. 난 일어났다. 그리곤 액자 옆에 있는 작은 거울을 보았다. 얼굴이 퉁퉁 부어 있었다. 손으로 얼굴을 문지르고 눈꺼풀을 꾹꾹 누르자 뿌옇게 보이던 것들이 선명해졌다. 내가 쓰던 가방. 내가 갖고 놀던 인형들. 그리고 엄마와 함께 읽던 '혼혈 왕자'가 눈에 들어왔다. 내가 무슨 뜻이냐고 물었을 때 엄마는 말했다.

"서로 다른 게 섞여서 하나가 되는 거야."

그리곤 책날개로 읽던 부분을 눌러 덮었다. 엄마는 몸을 옆으로 돌려 내 볼을 감싸며 말했다.

"현진아, 세상엔 혼혈 아닌 게 없어. 다 섞여서 하나가 되는 거야."

"어떻게?"

"생각해 봐. 외할아버지 성은 박가이고 외할머니 성은 민가, 서로 다른 곳에서 살다 결혼해서 엄마를 낳은 거야. 그럼 엄마도 혼혈인 거지. 그렇게 하면 아빠도 혼혈. 우리 현진이도 혼혈."

엄마가 내 눈치를 쓰윽 보는 게 느껴졌다. 내가 이어서 던질 질문을 알고 있는 거 같았다.

'왜 아빠 같은 사람이랑 결혼했어?'

나는 일부러 그 질문을 하지 않았다. 엄마의 대답은 이미 백 번도 넘게 들었다.

"우주선을 타고 지구를 보는 거야. 축구공만 한 지구가 보이겠지? 그 안에 사하라 사막, 히말라야산맥, 200개도 넘는 나라가 있는 거야."

난 엄마가 했던 말을 소리 내어 중얼거려 보았다.

"그건 작은 이슬방울 속에 큰 우주가 담겨 있는 거랑 같아. 동물이나 식물이나, 서울이나 부산이나, 과거나 현재나 모두 그 속에 있다는 거야."

무슨 뜻인지 도통 모르겠지만 마음이 편해지는 느낌이었다. 적어도 한 가지는 알 거 같았다. 액자 안에서 내가 갓난아기로 살았던 시간과 비키니를 입고 물놀이했던 시간이 지금은 하나의 점으로 보인다는 거.

"그러니까 지금 이 무서운 시간도 그렇게 보이는 날이 올 거야. 하나의 작은 점으로."

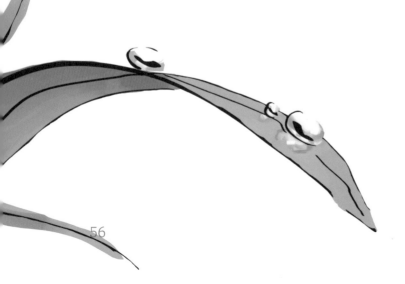

고단수 진실게임

난 자리를 털고 일어났다. 이불을 들고 조심스럽게 나갔다. 거실엔 술에 취한 불곰이 자고 있었다. 널브러진 술병을 건들지 않게 조심하며 부엌으로 갔다. 부엌 뒤편으로 쪽문이 있고 문을 열면 작은 창고가 있었다. 거기에 세탁기가 있었다. 난 이불을 세탁기에 넣고 다시 방으로 들어와 옷장 서랍에서 옷들을 꺼냈다. 그리곤 욕실로 가서 샤워기를 틀고 씻었다. 수건으로 물기를 닦고 새 옷으로 갈아입었다. 기분이 훨씬 좋아졌다. 벗어놓은 옷들은 다시 세탁기에 넣었다. 잠깐 사이에 어른이 된 것처럼 마음이 차분해졌다.

난 내 방을 청소하기 시작했다.

아침이 되자 불곰이 거실과 주방을 왔다 갔다 하는 게 느껴졌다.

"나 학교 갈 거야!"

난 방문을 열고 거실로 나가 불곰에게 선언했다.

"그래서 다시 학교에 다니게 되었어요."

나는 남자의 얼굴을 살폈다. 남자는 골똘한 표정으로 주삿바늘이 꽂힌 내 손을 보고 있었다. 내 긴 이야기에 적당한 질문을 고르는 거 같았다.

"몇 학년이었지?"

"4학년이요."

"학교생활은 어땠니?"

"내가 학교에 가는 건 쑤셔박히기 위해서였어요. 엄마는 '힘들 때 몸속의 딱딱한 뼈를 다 꺼내놓고 문어처럼 납작하게 쑤셔박히는 곳이 있으면 좋아!'라고 말했거든요."

나한텐 학교 도서관이 그런 곳이었다. 제일 끝에, 제일 구석에 오래된 책들이 쥐 죽은 듯이 잠들어 있는 곳에서 난 비로소 잔뜩 긴장한 나의 뼈들을 풀어주고 편하게 앉아 책을 읽었다. 그러면 그럭저럭 시간이 흘러가는 걸 견딜 수 있었다.

불곰은 가끔 손톱이 빨간 마녀를 데리고 왔다. 둘은 시시덕거리며 거실에 술병을 높이 높이 쌓았다.

"잘 지켜."

불곰은 마녀에게 날 감시하라고 했다. 빨간 손톱 마녀는 날카로운 손톱을 다듬으며 내 방을 힐끔거렸다. 그러나 난 이제 마녀든 불곰이든 상관없다고 생각했다.

"난 소현진이야. 불곰이 만들어 놓은 그물 속도 아니고 마녀가 지키는 집에도 갇힐 생각 전혀 없어. 내가 직접 길을 만들 거야."

아침이면 거실에 있는 술병을 치우고 학교에서 돌아오면 불곰의 심부름을 했다. 불곰은 내 손바닥에 오백원짜리 동전을 떨어뜨리며 말했다.

"네 엄마는 벌을 받아야 해. 나한테서 벗어나려는 게 죄야."

난 고개를 끄덕였다. 공손하게 돈을 받아들고 두 발짝 정도 걸어가다 있는 힘껏 주먹을 쥐었다.

"어림없어!"

난 언덕을 내려가 슈퍼까지 가는 길 내내 되새김하듯 중얼거렸다.

"도망칠 수 있어. 나갈 수 있어. 어딘가에 길이 있을 거야."

"그러던 어느 날, 슈퍼 사장님이 중얼거리는 걸 들었어요."

난 손등에 있는 링겔 줄을 가까이 당기며 말했다. 수액이 똑, 똑 속도에 맞게 떨어지고 있었다.

"무슨 소리였지?"

남자의 눈이 반짝 빛났다.

"그냥, 나만 알 수 있는 거요."

나는 슈퍼 사장님을 떠올려 보았다.

"뚱뚱한 아줌마였는데, 웃긴 건 불곰이 술을 많이 마시긴 해도 아주 좋은 사람이라고 하는 거예요."

"흐음. 슈퍼 사장님은 그랬다는 말이지?"

남자가 수첩에 메모하며 고개를 끄덕였다.

"그런데 자꾸만 '이상하네? 며칠 전부터 계속 나타나네?' 하는 거예요."

그때가 생각났다. 그 소리를 듣자마자 온몸의 세포가 찌르르했었다. 무슨 뜻인지 단번에 알 수 있었기 때문이다.

"뭐가요? 자동차요? 빨간색?"

나는 최대한 자연스럽게 말했다. 들키지 않으려면 스파이처럼 조심해야 하는 법이니까.

"응. 너도 봤구나!"

슈퍼 사장님은 자기가 헛소리를 하는 게 아니라는 걸 증명한 것처럼 좋아했다. 그리곤 봉투에 술병을 담으며 한결 부드러운 목소리로 말했다.

"오늘도 많이 드시니?"

"네."

공손하게 두 손으로 봉투를 받았다.

'제발 빨간 자동차는 아무한테도 말하지 마세요.'

목구멍까지 올라오는 말들을 간신히 참고 꾸벅 고개를 숙였다.

"안녕히 계세요."

난 슈퍼를 나와 집으로 가는 길이 아닌 큰길을 따라 걸었다. 4차선 도로에 차들이 쉴 새 없이 달렸다.

'빨간색. 분명 엄마일 거야. 엄마가 액자 밖에서 날 기다리고 있는 거야.'

난 차들을 살피며 아파트 단지 앞에 놓인 육교까지 걸어가 보기로 했다.

'엄마는 불곰이 다니지 않는 길로 다닐 것이다.'

그러나 어디에도 가드와 엄마는 보이지 않았다. 난 집으로 방향을 돌렸다. 의심을 살 필요는 없다. 평소처럼 해야 한다고 생각했다. 다시 한번 주위를 살펴보았다. 빨간색은 가게들 앞에 세워 놓은 주차금지용 콘들뿐이었다. 그래도 힘이 났다. 엄마가 가까이 있다는 생각만으로 걸음이 가벼워지고 팔이 춤추듯 씩씩하게 흔들렸다.

집으로 돌아오니 빨간 손톱 마녀와 불곰이 술을 마시고 있었다.

"그거 집착이야! 뭐든 네 손 안에 두려고 하는 거."

마녀가 소주잔을 탁 내려놓으며 말했다.

"시끄러워. 넌 가만히 입 다물고 있는 게 좋을 거야."

불곰이 소리를 버럭 질렀다. 난 소주병이 든 봉지를 슬며시 내려놓았다. 마녀가 날 쳐다보고 말했다.

"아이고 심부름도 잘하네."

얼굴도 빨갛고 입술도 빨개서 진짜 마녀 같았다. 불곰이 봉지를 낚아채며 말했다.

"딴짓하면 알지? 네 엄마 만나면 전해. 와서 빌라고. 그럼 다 용서해 준다고."

'거짓말이잖아! 이젠 안 속아.'

난 속에서 올라오는 외침들을 꾹꾹 누르고 얌전하게 대답했다.

"네."

그리고 방으로 들어와 사진 앞에 웅크리고 앉았다.

"방법을 찾아야 해. 엄마와 만날 수 있는 방법을."

난 빨간 자동차에 날개를 달고 하늘에 떠 있는 꿈을 꾸었다. 분명 자동차에 날개가 달렸는데 꿈속에선 내가 힘을 써야지만 움직였다. 난 자동차를 움직이기 위해 낑낑거리며 힘을 주다 깼다.

한밤중이었지만 달빛 때문인지 창밖이 환했다. 엄마와 밤마다 걸었던 길들이 떠올랐다. 엄마의 스카프를 고치처럼 꽁꽁 싸매고 탔던 낡은 그네와 나무상자로 만든 화분들이 쪼르르 한 줄로 있던 담들과 먼지를 뒤집어쓴 가드를 처음 발견했던 골목.

"아! 거기!"

난 벌떡 일어났다. 이제부터 내가 무엇을 해야 하는지 머릿속에 선명하게 그려졌다.

"엄마만 읽을 수 있는 비밀을 그리는 거야!"

난 스케치북을 꺼내 그림을 그리기 시작했다.

그 후 밤마다 살금살금 집을 빠져나갔다. 엄마와 함께 다니던 골목마다 어김없이 보초병처럼 전봇대들이 서 있었고 난 그 위에 내가 그린 그림들을 붙였다. 그리곤 그림들을 점검했다.

"삐딱하잖아. 다시!"

"너무 아래에 있군. 좀 더 높이!"

나의 점검은 매일 밤 진행됐다. 위치를 꼼꼼하게 확인하고 숫자를 세었다. 하나, 둘, 셋… 처음엔 떨어져 나간 그림들을 확인하자마자 비밀 장소로 달려갔다.

'혹시 엄마가 그림을 떼어간 건 아닐까?'

가슴이 쿵닥쿵닥 뛰었다. 하지만 곧 바람에 떨어졌거나

누군가 일부러 찢어버린 거라는 걸 알게 됐다.

'그렇지만 뭐?'

난 이게 엄마와 통할 수 있는 멋진 방법이라는 걸 알았고 멈출 생각은 전혀 없었다.

그러던 어느 날 찢어진 종이 위에 새로 그린 그림을 붙이고 터덜터덜 그림에 숨겨놓은 장소로 향했다. 다른 날과 똑같았다. 하늘엔 반달이 떠 있었고 전봇대 주위엔 쓰레기봉투들이 썩은 고기를 먹고 잠든 하이에나 무리처럼 냄새를 풍기고 있었다. 난 코를 막고 종종걸음으로 비밀 장소로 직행했다. 그리고 한눈에 알아볼 수 있었다. 우리들의 빨간 당나귀, 가드가 마침내 그곳! 우리가 처음 만났던 그 골목에 서 있었다. 심장에서 펑펑 불꽃놀이가 터졌다. 내 몸은 순식간에 공중으로 솟구쳤다.

"엄마!"

난 들고 있던 종이를 내던지고 달렸다. 빨간 자동차와 한 아이가 똑바로 서서 마주 보는 그림이었다. 말풍선이 그 둘

위에 적혀 있었다.

"가드! 네가 온 곳에서 기다려."

그림은 하늘을 둥둥 날아갔다.

"그렇게 엄마와 다시 만나게 되었어요."

17 – 설마설마

조용히 내 이야기에 집중하던 남자가 말했다.

"다시 도망친 거구나. 어디로 갔던 거니?"

"어디든 갔어요. 엄마는 내가 가고 싶다는 곳에 다 데려다줬어요. 수영장, 놀이공원, 동물원… 다요. 우리가 매일매일 움직이니까 불곰도 우릴 잡을 수가 없었어요. 근데, 내가 학교에 가야 해서…"

난 고개를 흔들었다.

"나 때문에 그런 일이 일어난 걸까?"

남자가 물었다.

"그래서 외할머니 외할아버지가 계신 곳으로 갔던 거니?"

"네."

엄마는 외할머니댁 근처에 빌라를 얻으셨다. 외할머니가 함께 살자고 했지만, 혹시 불곰이 두 분까지 힘들게 할까 봐 내린 결정이었다. 대신 두 분은 거의 매일 나를 돌보러 오셨다.

"근데 불곰이 거기까지 쫓아와서 불을 지른 거구나."

"맞아요. 설마설마하다가 그렇게 된 거라고 했어요."

난 길게 한숨을 쉬었다.

18 – 신고를 왜 못 했을까?

그날은 엄마가 다니던 공장에서 처음으로 보너스를 타는 날이었다. 엄마랑 난 이미 토요일 날 백화점에 가기로 약속해놓은 상태였다. 그런데 금요일이 되자 나는 엄마에게 오늘 당장 가고 싶다고 졸랐다. 토요일까지 하루 더 기다리는 게 너무 힘들었다. 엄마는 한쪽 팔을 번쩍 들어 올리며 외쳤다.

"좋아! 오늘 당장 가는 거야!"

"야호!"

나는 환호성을 질렀다. 우리는 곧장 백화점으로 달려갔

다. 엄마와 난 미리 약속까지 했었다.

"1층부터 샅샅이 구경하자. 엄마!"

"오케이! 콜!"

하지만 명품백들이 진열된 1층은 건너뛰기로 했다. 엄마는 '산림보호'라고 쓰여진 초록색 헝겊 가방을 끌어안으며 씨익 웃었다.

"엄마한텐 이게 명품백!"

우리는 2층과 3층 매대에서 각자 사고 싶은 걸 골랐다. 엄마는 하늘색 가디건! 난 빈티지 청바지! 그리고 푸드 코너에서 돈까스를 먹었다. 엄마는 지하 주차장으로 내려가는 엘리베이터 앞에서 아이스크림까지 사주셨다. 난 하얀색 젤라또 아이스크림을 아껴 먹으며 집으로 가는 내내 라디오에서 흘러나오는 BTS의 '봄날'을 흥얼거렸다.

"눈꽃이 떨어져요. 또 조금씩 멀어져요. 보고 싶다. 보고 싶다. 벚꽃이 피나 봐요. 이 겨울도 끝이 나요. 보고 싶다. 보고 싶다."

엄마도 따라 흥얼거리셨다. 나를 보며, 고개를 끄덕이며… 모르는 가사에선 입만 뻐끔뻐끔 금붕어 흉내까지 내셨다.

"우우…. 그게 뭐야?"

난 눈을 흘기며 퉁명스럽게 말했지만, 엄마는 알았다. 내가 최고로 행복할 때 짓는 표정으로 웃고 있다는 걸. 심지어 소방차가 요란한 사이렌 소리를 내며 우리를 앞질러 갈 때도 엄마와 난 서로 마주 보며 어깨를 으쓱하고 말았다. 우리에게 얼마나 오랜만에 찾아온 행복이었던가! 그 행복을 깨뜨리고 싶지 않았다. 집에 거의 도착했을 때까지도 소방차가 불을 끄는 집이 우리 집일 거라고는 상상도 못 한 것이다. 더욱이 집 안에 할아버지가 계실 거라고는….

"그때 불곰이 도망치는 걸 네가 본 거니?"

"사람들이 모여 있는 걸 보고 창문을 열었어요. 그리곤 사람들 사이로 불곰이 도망치는 걸 봤어요."

그때 나는 불곰과 눈이 마주쳤었다. 하지만 너무 무서웠다.

'그때 바로 신고했으면 어땠을까?'

'그럼 불곰은 할아버지가 계셨던 우리 집에 불을 질렀다
는 걸 자백했을까?'

'그리곤 곧바로 감옥에 갔을까?'

'엄마와 내가 사는 곳까지 따라오지 못했을까?'

'이런 일이 일어나지 않았을까?'

화재에서 생긴 피해자 주변인들의 조사에서 불곰은 증거가 불충분하다는 이유로 풀려났다. 엄마와 나에게 접근하지 말라는 명령만 내려졌다. 엄마는 외할머니와 의논 끝에 떨어져 지내기로 했다. 혼자 되신 외할머니가 걱정이었지만 불곰의 공격이 다시 이어질까 봐 내린 결정이었다.

"그래서 시골로 이사하게 되었구나."

"네."

"지금 사는 곳에선 어땠니?"

"엄마는 정말 좋아하셨어요. 집에 이름도 지었는걸요."

"집에 이름을?"

"콩을 많이 심어서 '콩집'이라고 불렀어요."

"콩집? 단단한 집 같은데?"

"엄마도 더 안전한 느낌이라고 하셨어요. 콩집에선 모두가 우릴 보호해 준다고… 나무들도, 풀들도, 그러니 걱정 말라고…"

갑자기 눈물이 솟아 얼른 고개를 돌렸다.

"빨리 콩집에 가고 싶어요."

나도 모르게 속마음이 나왔다.

"그래. 그래야지."

남자는 수첩을 덮고 일어났다.

"고맙다. 오늘은 여기까지만 하자. 아무 걱정 말고 푹 쉬어라."

남자가 나가려다 몸을 돌리고 말했다.

"엄마는 네 덕분에 할머니랑 인사할 시간을 갖게 되셨단다. 네가 그때 불곰을 막지 않았다면 그 자리에서 바로…"

남자가 잠깐 머뭇거렸다.

"네가 무사하다는 소식을 듣곤 좋아하셨어. 급한 일들이 정리되면 할머니가 오실 거야."

남자는 고개를 끄덕이고 나갔다.

'그 자리에서 바로, 뭐요?'

난 남자를 붙들어 따지고 싶었다.

'무슨 뜻이에요? 그 자리에서 바로 뭐요?'

머릿속의 내가 남자의 어깨를 잡고 흔들었다.

'말하라고요. 빨리요!'

"후유!"

난 숨을 크게 쉬고 일어나 창가로 갔다. 그리곤 호랑나비 애벌레가 든 병을 가만히 들여다보았다. 몸통이 미니 기차 같았다. 마디마디 옆구리에 있는 반점들이 하얀 구름처럼 보였다.

"널 '백작'으로 임명할게."

난 유리병 입구를 검지로 톡톡 치며 옷장으로 걸어가 내 옷으로 갈아입었다. 백작을 병에서 꺼내 어깨 위에 올렸다. 백작은 쿵쿵 냄새라도 맡는 것처럼 이리저리 꿈틀거렸다.

난 백작과 우리 집에 갈 작정이었다. 확인하고 싶었다. 내 눈

으로. 지금. 아무에게도 말하지 못하는 두려움이 진짜인지.

두려운 진실

엄마가 궁금했다. 눈만 감으면 엄마의 마지막 모습이 떠올랐다. 하지만 병원에선 아무에게도 물어볼 수 없었다.

어쩌면 내 마음 깊은 골짜기에 웅크리고 있는 물고기는 엄마에 관한 이야기를 털어놓고 싶지 않은 걸지도 모른다. 나도….

"엄마는…."

…이라고 시작하는 이야기를 듣고 싶지 않다.

의사도 간호사도 상담사도 아무에게도. 그 누구에게도.

집에 가려면 버스를 두 번 타야 했다. 한 번은 미원 면사무소로 가는 시내버스를 타고, 두 번째는 미원에서 금관리행 마을버스로 갈아타야 했다. 난 백작을 어깨에서 내려 주머니에 넣고 버스에 올랐다. 의자들이 텅텅 비었다. 맨 뒤에 앉아 백작을 꺼내 무릎 위에 놓았다. 백작은 까만 점 같은 눈을 이리저리 돌리며 주위를 살폈다.

"조금만 기다려. 네가 살던 곳으로 데려가 줄게."

기사 아저씨가 뒤를 돌아보았다. 내가 중얼거리는 걸 들으셨나 보다. 난 아저씨와 눈을 마주치며 '아무것도 아니에요'라는 뜻으로 고개를 흔들었다.

"어디 가니?"

아저씨가 멋쩍은 듯 물었다.

"금관리요."

아저씬 고개를 끄덕이며 버스 안을 휙 둘러보았다. 그리곤 빈 과자 상자를 밟듯 발판을 꾸욱 눌렀다. 쉬익 소리와 함께 버스가 출발했다. 난 백작을 다시 어깨 위에 올렸다.

"구경해. 너도 승객이야."

창밖으로 옥수수로 꽉 찬 밭들이 지나갔다. 나무들이 울창한 산들은 길에서 멀어졌다가 다시 가까워졌다. 계곡을 흐르는 물과 나란히 달리던 버스가 넓게 펼쳐진 논들 한가운데로 들어섰다. 난 창문을 열었다. 벼들 사이로 달큰한 냄새가 났다. 이어서 야트막한 고개를 넘어 미원에 도착했다.

"다 왔다!"

기사 아저씨가 문을 열었다.

"감사합니다."

나는 백작이 잘 있나 확인하고 가방을 챙겨 내렸다.

버스 정거장은 새마을 금고와 농약사 앞이다. 햇빛이 머리 위에서 쏟아졌다. 양산을 쓴 아줌마가 농약사로 들어가다 백작을 보았다.

"어이구. 뭔 일이래"

양산 아줌마의 손가락이 백작 앞에서 까딱거렸다. 버스를 기다리던 할머니 두 분이 고개를 돌렸다.

"아따. 어쩐 일로 거가 붙어 있다냐?"

백발에 뽀글 파마를 한 할머니가 말하자 똑같은 머리에 안경 쓴 할머니가 나를 빤히 보셨다.

"너가 그 콩 키우는 새댁 딸 아녀?"

"네. 안녕하세요?"

난 꾸벅 고개를 숙였다. 양산 아줌마가 백작에게 주었던 눈길을 나에게 돌리셨다. 아줌마의 입술이 스피커처럼 동그래졌다.

"엄마는 어디 계시니?"

이런 소리가 금방이라도 튀어나올 것 같았다. 얼른 고개를 돌렸다. 마침 마을버스가 왔다. 난 재빠르게 버스 앞에 섰다.

"아구구. 허리야."

할머니들께서 일어나는 소리가 들렸다. 슬며시 옆으로 물러서 두 분이 버스에 앉으실 때까지 기다렸다. 그리곤 조심스럽게 맨 뒷좌석으로 갔다. 곧이어 기사 아저씨가 외쳤다.

"출발합니다."

마을버스는 더 좁은 산길로 들어서 나무들이 곡예사처럼 절벽에 매달린 용고개를 올라가서 편평한 평지에 있는 옥화대에 섰다. 뽀글 할머니가 내리며 소리쳤다.

"듬실 댁, 담에 또 봐잉?"

"그려."

안경 할머니가 뽀글 할머니에게 손을 흔들었다.

이제 버스는 높은 산을 깎아 만든 고갯길을 넘었다. 마을 한가운데 방죽이 있는 방죽골을 지나 우뚝 솟은 산 두 개를 더 돌았다. 난 백작을 살피고 정지 버튼을 눌렀다. 금관리! 드디어 우리 동네다.

²¹- 엄마는 어디에?

　난 동네에 하나밖에 없는 슈퍼 앞에서 내렸다. 그리곤 가게 옆 샛길로 냉큼 들어갔다. 주인 할머니가 '누가 왔나?' 얼굴을 내미시기 전에 달리기 위해서였다. 호박 덩굴이 레슬링이라도 하듯 칭칭 감고 있는 봉식 할아버지네 돌담을 지나쳐 현관 달린 집이라고 부르는 현관네 앞을 숨도 쉬지 않고 달렸다. 다행히 동네 어른들 아무와도 마주치지 않았다. 사람 만나기가 힘든 시골인 게 오늘은 다행이다. 드디어 가드가 보였다. 빨간색 가드가 마을 제일 꼭대기에 있는 콩집 대문 앞에 서 있었다. 헐떡거리는 숨을 고르며 난 가드 안을 살폈다.

"엄마!"

하지만 가드 안엔 아무도 없었다. 난 대문을 박차고 마당으로 뛰어들었다.

"엄마!"

고개를 두리번거렸다. 바람이 쎄에 머리칼 속으로 들어왔다. 등골이 서늘했다.

"엄마!"

마당을 가로질러 달려갔다.

"탁. 탁."

담 밑에 심어 놓은 콩들이 땅으로 떨어졌다.

"엄마. 나 왔어. 나 왔는데?"

현관문을 열자 콩 껍질들이 거실에 어지럽게 흩어져 있었다. 신발을 벗어 던지고 성큼성큼 안방으로 갔다. 발바닥에서 콩 껍질들이 빠지직거렸다.

안방 문을 열자 며칠 동안 갇혀 있던 공기들이 달려들었다. 엄마 냄새가 휘익 코로 들어왔다. 벽에 기대고 앉아 책을 읽던 엄마의 모습이 홀로그램처럼 아른거렸다.

"엄마!"

난 방문을 잡은 채 엄마를 불렀다. 내 목소리는 방에 쌓인 먼지보다 작아졌다.

"엄마…!"

목소리가 텅 빈 방을 돌아 다시 내 머리를 쳤다.

머릿속에서 지진이 일어났다. 눈앞이 빙글빙글 돌고 커다란 지네 한 마리가 목덜미로 기어갔다. 고개를 흔들어도 떨어지지 않는 지네! 더 세차게 흔들었다. 땀에 젖은 머리칼에서 찰박찰박 소리가 났다. 악어 떼가 우글거리는 웅덩이 속으로 빨려드는 느낌이었다.

"안 돼!"

나는 크게 외쳤다. 엄마와 다짐했던 약속들이 생각났다.

"마음이 힘들 땐 장소를 옮기는 거야. 알았지? 지금 서 있는 곳에서 한 발짝 한 발짝 걸어가는 거야. 너만의 아지트도 좋고, 어디든. 그곳을 향해 걸어!"

난 몸을 돌려 밖으로 달려나갔다. 엄마와 나만의 비밀장
소로 갈 작정이었다.

고단수 진실게임

산 위엔 온 동네를 다 덮을 만큼 거대한 먹구름이 떠 있었다.

"백작! 비가 올 거야."

난 백작에게 속삭였다.

"사람들은 슬플 때 하늘을 보잖아. 그때 그 눈물들이 구름에 쌓이는 거야. 그럼, 토끼만 한 구름이 서로 끌어안아 코끼리를 만들고 코끼리들이 서로 합쳐 물을 뿜는 거야. 구름도 눈물이 가득 차면 울어야 하거든."

난 장독대를 지나 허물어진 시멘트 담 틈새로 빠져나갔

다. 바로 뒷집으로 이어지는 길을 피해 대나무가 빽빽하게 심어진 산 입구 쪽으로 들어갔다. 엄마랑 난 이곳에서 '임금님 귀는 당나귀 귀다!'를 했었다. 그건 아무에게도 말하지 못하는 비밀을 대나무 숲에 털어놓는 놀이였다. 난 이때다 싶어 "엄마! 나 숙제 안 했어!"라고 마음껏 외치곤 했다.

그러면 대나무 잎들이 바람에 스르렁스르렁 흔들리며 '괜찮아! 괜찮아!' 하는 거 같았다. 엄마는 내가 아닌 대나무 숲을 향해 "소현진, 너어… 소현진, 너어…" 손가락질을 했지만 마지막엔 항상 "현진아! 사랑한다!"라고 외쳤다.

"대나무 숲이 엄마의 화를 삼켜주는 거야."

난 그렇게 믿고 있었다.

대나무 숲을 지나면 평지가 나오고 그 위쪽으로 두 개의 무덤이 나란히 있었다. 두 손을 합장하듯이 모아 고개를 숙였다.

"지나갈게요."

무덤들은 말이 없지만 봉긋한 모습에서 따뜻한 허락이 느껴졌다. 이어서 칡덩굴에 덮인 작은 나무들이 초록 도마

뱀 무리처럼 보이는 오르막이 나왔다. 도마뱀 무리에 뛰어든 구렁이처럼 구불구불한 길을 올라가면 산딸기나무들이 모여 있는 언덕배기였다. 산딸기나무들은 국수 가락처럼 길게 뻗은 가지들 때문에 서로 엉켜 둥근 아치 지붕을 만들었다. 난 이 지붕 안에 들어가는 걸 좋아했다.

"백작. 여긴 내 비밀장소야."

산딸기 덤불 옆엔 아담한 도토리나무가 있었다. 엄마가 '도나'라고 이름 지어준 나무였다. 도나는 땅속에서 하나로 나와 내 허리쯤에서 두 개로 나누어졌다. 엄마와 난 도나의 그 갈라진 가지에 앉아 마을을 내려다보는 걸 좋아했다. 특히 엄마가. 그러니까 도나는 엄마만의 비밀장소였다. 언젠가 엄마가 외할머니께 하는 말을 들었었다. 난 자는 척했었다.

"엄마. 난. 우리 집 뒤에 있는 도토리나무 옆에 묻히고 싶어. 엄마도 알지? 현진이와 내가 산딸기 따는 곳 있잖아. 거기 도토리나무가 있거든. 거기에서 마을을 내려다보면 정말 편해."

"늙은 에미 앞에서 별소릴 다 한다."

고단수 진실게임

"백작. 엄마가 저기 계실까? 도나 옆에?"

난 지금까지 묻어두었던 질문을 해보았다. 덤불 안에 쪼그리고 앉아 그날의 일들을 떠올렸다.

"내가 못 찾을 줄 알았지?"

불곰의 목소리가 폭탄처럼 들리고.

"제발 그만해. 제발…!"

엄마의 울부짖음.

"엄마한테 그러지 마!"

목이 쉬어라 외치던 내가 떠올랐다. 갑자기 으스스 추웠다. 난 몸을 더 돌돌 말았다. 동그란 공벌레가 되어 이 덤불 속에 묻히고 싶었다.

"백작! 난 병원에서 이것저것 물어대던 남자가 상담사가 아니고 경찰이라는 것도 알고 있었어. 그 남자가 하는 말이 무슨 뜻인지 그리고 내가 여기까지 온 이유가 뭔지… 다 알고 있었다고."

난 벌떡 일어났다. 그리고 덤불을 나와 도나에게 갔다. 엄마랑 나랑 서로 앉고 싶어 하던 갈라진 나뭇가지 틈을 쓰다듬고 도나 옆에 있는 작은 비석을 읽었다.

"동화를 사랑하는 작가 박은유, 여기 잠들다."

구름으로 가득한 하늘에서 번개가 쳤다. 온몸으로 전기가 흘렀다.

"쿵!"

내가 바닥으로 쓰러지자 후두둑 비가 쏟아지기 시작했다.

동화를 사랑하는 작가
박은유 여기 잠들다

지금부터는 현실인지 동화 속인지 잘 모른다. 나에겐 진짜였지만 다른 사람들은 고개를 갸우뚱할 도나와 나의 이야기다.

나는 엄마의 비석을 확인하자마자 쓰러졌다. 비석은 갑자기 회색빛 카약으로 변하더니 날 태우고 날아올랐다. 난 카약에 엎드려 두 팔을 노처럼 휘둘렀다. 캄캄해진 하늘에서 거대한 태풍이 몰려오고 있었다.

"우르르 쾅!"

비가 더욱 거세지자 난 카약에서 떨어졌다. 백작은 알록달록한 망토를 쓰고 내 겨드랑이 안으로 파고들었다. 도나는 허리를 굽혀 나를 살펴보고 나뭇가지들을 모아 비를 막아주었다. 하지만 쏟아지는 비에 내 얼굴은 더 창백해졌다. 빗줄기들이 파리한 얼굴을 지나 턱으로 줄줄 흘러내렸고 머리칼들이 버드나무처럼 늘어졌다. 그때 빗소리를 뚫고 어디선가 '끙!' 소리가 들렸다. 처음엔 그게 무슨 소리인지 아무도 몰랐다.

'끙! 우지끈!'

그다음 소리가 났을 때야 도나에게 나는 소리라는 걸 알았다. 도나의 이파리들이 흔들리며 빗방울들이 한꺼번에 후두둑 쏟아졌다. 도나의 가지 두 개가 앞으로 휘어졌다. 이어서 소리와 함께 도나의 뿌리가 뽑혔다.

'우지끈. 쑤욱.'

뽑힌 뿌리에서 진갈색 액체가 피처럼 몽글몽글 맺혔다.

"끄웅!"

도나의 신음 소리가 숲속으로 퍼졌다. 하지만 도나는 자기 뿌리에는 신경 쓰지 않았다. 오히려 죽은 듯이 쓰러져 있던 나를 조심스럽게 안아 엄마가 앉아 있곤 하던 자신의 갈라진 틈에 올렸다. 그리곤 성큼성큼 내가 온 길을 내려갔다.

산딸기들이 아치형 지붕을 이루고 있는 덤불을 지나 칡 넝쿨 사이에 난 구렁이 길을 내려가 빽빽한 대나무 숲을 간신히 헤쳐나가선 무너진 시멘트 담을 통해 장독대를 지나쳐 마당으로 들어갔다. 그리곤 안방 문을 열고, 나를 눕혔다. 내 입술은 이미 블루베리를 으깨놓은 것처럼 검푸른 색이었다. 도나는 보일러실로 갔다. 우리 집은 나무 보일러였는데 여름이라 당연히 보일러를 꺼 논 상태였다. 도나는 보일러 통을 열어 불쏘시개로 쓰려고 쌓아놓은 신문지들을 넣었다. 그리곤 장작더미에 박혀 있는 성냥을 꺼내 그었다. 나뭇가지에서 떨어지는 물방울들로 자꾸만 불이 꺼졌다. 도나는 장작더미들 위에 놓인 선반에서 라이터를 찾아 끝끝내 불을 피웠다. 타닥타닥 불길이 안정적으로 타오르자 바짝 마른 장작을 넉넉하게 넣었다. 도나는 공기가 너무 더워지지 않도록 창문을 살짝 열고 얇은 여름 이불로 나를

덮어 주었다. 그리고 내 얼굴을 오래도록 내려다보았다. 젖
은 이파리에서 눈물 같은 물방울이 뚝뚝 떨어져 얼굴을 찡
그리기도 했지만, 난 의식이 전혀 없었다.

　내가 다시 눈을 떴을 때는 아침이었다.

나는 침대에 혼자 누워 있었고 도나는 없었다. 바닥도 물기 하나 없이 깨끗했다. 일어나려는데 외할머니가 들어오셨다.

"일어난 겨?"

"할머니!"

"연락받자마자 여기로 왔을지 알았다."

외할머니는 내 이마를 만져보셨다.

"열은 내렸구나. 며칠을 잠만 자서 애를 태우더니… 근디 보일러는 니가 불을 땐 겨?"

나는 어찌 대답해야 할지 몰라 가만히 있었다.

"글씨 너는 침대에 이불까지 덮고 누워 있는디, 니 옆에 도토리나무가 쓰러져 있어서 깜짝 놀랐구먼. 나무가 꼭 사람맨치로 요렇게 너랑 나란히 누워 있는 겨."

외할머니는 허리를 옆으로 구부리며 방바닥에 도나가 누워 있던 모습을 보여주셨다.

"할미 혼자 어쩌지 못해서 동네 사람들이 끌어내는 걸 도와줬구먼."

외할머니는 고개를 갸웃거리며 중얼거리셨다.

"이상도 하지. 도토리나무도 이불을 덮고 있더라니께? 하이고, 참! 그렇게 니가 나무랑 나란히 누워 있다니."

그리곤 내 머리를 쓸어 넘기시고 부엌으로 가셨다.

"죽 끓이는구먼. 뭐라도 먹어야지."

난 일어나서 거울을 보았다. 눈이 쑥 들어간 낯선 아이가 그곳에 있었다.

"할머니, 잠깐 나갔다 올게요."

외할머니는 죽을 젓다 말고 나를 물끄러미 보시곤 몸을 돌리셨다.

"얼른 오렴."

"네."

난 마당 한 켠에 있는 도나를 보았다. 젖은 나무 기둥과 잘리고 뜯기어진 뿌리가 흐트러진 채로 놓여 있었다. 대문 밖에 있는 가드도 그대로였다.

"백작! 이게 진짜 현실이겠지?"

난 내 몸 여기저기를 살폈다.

"아! 백작!"

난 쏜살같이 엄마의 비밀 장소로 달려갔다. 도나가 있던 자리는 텅텅 비어 있었다. 마침 그 옆, 엄마의 비석 위에 호랑나비 한 마리가 날개를 접었다 폈다 하고 있었다. 난 도나 자리에 생긴 구덩이 속에 쪼그리고 앉았다. 그러자 나비가 비석에서 날아올라 내 어깨 위로 올라왔다.

"백작! 너지?"

난 그대로 가만히 있었다. 나비의 날개에서 일어난 바람이 내 오른쪽 뺨을 약하게 두드리는 게 느껴졌다. 온 신경을 곤두세워 집중했다. 서서히 뺨에서 귀로 다시 목덜미를 거쳐 온몸으로 나비의 바람이 전달되었다. 엄마가 안아 주는 만큼 따뜻해서 나도 모르게 눈물이 났다.

구덩이에서 천천히 일어났다. 백작은 내 어깨에서 은사시나무로 날아갔다. 난 오래오래 백작을 쫓았다. 은사시나무 꼭대기로 조각구름이 흘러가고 있었다.

'조각구름은 가드로, 도나로 내려올 거야. 백작! 너도 다시 올 거지?'

난 백작을 향해 속삭였다. 그리고 한결 가벼워진 발걸음으로 집을 향해 걷기 시작했다.

고단수 진실게임

펴낸날 2025년 1월 2일

글 금관이야
그림 김경수, 공순남
펴낸이 주계수 | **편집책임** 이슬기 | **꾸민이** 이슬기

펴낸곳 고래책빵 | **출판등록** 제 2018-000141 호
주소 서울시 마포구 양화로 LG팰리스빌딩 917호
전화 02-6925-0370 | **팩스** 02-6925-0380
홈페이지 www.bobbook.co.kr | **이메일** bobbook@hanmail.net

© 금관이야, 2025.
ISBN 979-11-7272-029-2 (73810)